E. GRENET-DANCOURT

PARIS

MONOLOGUE COMIQUE

DIT PAR

COQUELIN CADET, de la Comédie-Française

PRIX : UN FRANC

PARIS
PAUL OLLENDORFF, ÉDITEUR
28 *bis*, RUE DE RICHELIEU, 28 *bis*

1882

Monsieur

Je suis très mécontent
de vous. Vous pensez
à moi et vous croyez
que moi, je ne pense
pas à vous; c'est avoir
bien mauvaise opinion
de moi. Depuis
longtemps, Madame
Emïel et moi, Monsieur,

G.

REPUBLIQUE FRANÇAISE
15
PARIS
18 SEPT 82
Monsieur Paul Edel
12 rue Rougemont
Paris
R.F.

êtes sur ma liste —
et je vous en vendrais
beaucoup, si je n'étais
pas d'autant —

Votre entièrement dévoué

Ernest Dancourt

À monsieur Érckel

Hommage de l'auteur

E. Grenest Janin

A LA MÊME LIBRAIRIE

Imprimerie générale de Châtillon-sur-Seine. — J. Robert.

PARIS

MONOLOGUE

DU MÊME AUTEUR

RIVAL POUR RIRE

Pour paraître prochainement :

LA CHASSE

IMPRIMERIE GÉNÉRALE DE CHATILLON-SUR-SEINE, JEANNE ROBERT.

GRENET-DANCOURT

PARIS

MONOLOGUE COMIQUE

DIT PAR

COQUELIN CADET

De la Comédie-Française.

PARIS

PAUL OLLENDORFF, ÉDITEUR

28 *bis*, RUE DE RICHELIEU, 28 *bis*

—

1882

PARIS

A mon ami Moynet.

Né à Rozières-les-Virginales, 147 habitants, j'éprouvais depuis ma naissance un ardent désir de voir la capitale. — Je l'ai vue... j'en ai assez. Je suis parti pour Paris il y a deux jours... par le chemin de fer. En route, rien d'extraordinaire. Le train entre en gare à six heures et demie du matin.

Personne dans les rues : on n'est pas matinal à Paris.

De loin en loin pourtant, des femmes se glissaient furtivement hors des maisons... s'avançaient jusque sur le bord des trottoirs... regardaient si personne ne les voyait... et vidaient sur la chaussée des boîtes pleines de choses dégoûtantes... probablement pour faire enrager leurs voisins.

Dans une autre rue... une rue très large... je vis au contraire des gens... qui balayaient la route avec un soin minutieux... Je devinai sans peine qu'ils préparaient la voie pour le passage d'une procession... et ce qui me fit voir que j'avais raison, c'est que, aussitôt le départ de ces braves gens... je vis venir un homme... en blouse... avec une figure sale... qui s'amusa à faire de la boue avec un tonneau qui fuyait par derrière. Je n'en doutai plus, c'était un... chut! pas de politique!

Je continuai ma promenade. Une chose me frappa. Il y a des rues... où l'on a planté des arbres... Des arbres? — Trois feuilles au bout d'un manche... Enfin ils font ce qu'ils peuvent... C'est pas ça qui m'a frappé, non, ce qui m'a surpris, c'est de voir au pied de chaque arbre... une espèce de cage ronde... en fer. Il paraît qu'il y a tant de voleurs à Paris, qu'on est obligé de mettre les arbres en cage pour ne pas qu'on les vole.

Ah! ah! ah! voilà les boutiques qui s'ouvrent! C'est ça qui est curieux par exemple, de voir s'ouvrir les boutiques à Paris! Figurez-vous une grande plaque... en tôle.. qui monte toute seule... comme ça... tout doucement tout doucement... et puis, psttt... plus rien. Sans doute que chaque boutiquier s'entend avec le voisin du dessus pour laisser monter sa fermeture dans son appartement... Ce que ça doit gêner le locataire!

En me retournant, j'aperçois un grand tableau représentant une grosse femme et trois empereurs, — le tout visible pour deux sous. J'entre... je vois la grosse femme... elle me montre sa jambe... une jambe énorme... de quoi nourrir dix personnes... pendant quinze jours... Mais pas d'empereurs... On me dit qu'ils sont partis depuis deux jours... ils ont bien fait... Ce n'est pas la place des rois de se montrer ainsi en public à côté d'une grosse femme .. Chut! pas de politique!

Après cela j'ai vu... quand je dis : j'ai vu... je n'ai rien vu du tout... c'est-à-dire, si... non... enfin voilà : J'aperçois une petite boutique... très propre... sur laquelle était écrit... quoi donc déjà? Va... va... va... va... faire... va faire... Ah! j'y suis : Va faire causette! — 15 centimes. Je suis entré.

Une dame... âgée... mais très propre... comme la boutique... m'a fait passer dans un grand couloir... long... très long... avec des portes .. beaucoup de portes de chaque côté; au milieu de chaque porte... un rond en verre dépoli... J'ai regardé dans tous les ronds... je n'ai rien vu du tout... mais... j'ai payé tout de même. La dame m'a demandé si j'étais content.

Je lui ai dit : Oui... pour ne pas avoir l'air provincial.

En sortant de là, je me dis : c'est le moment de déjeuner.

Je cherche une auberge et je finis par en trouver une... où l'on mange pour dix-neuf sous.

A peine étais-je entré... qu'un jeune homme... blond... frisé... m'apportait une raquette... sur laquelle étaient inscrits tous les plats. Il y en avait des plats !... Au moins trente ! Je dis au jeune homme... blond... frisé... que je ne pourrai jamais manger tout ça. Il me répond que je suis libre Alors je déjeune très légèrement : Cinq plats de viande... trois légumes... et deux desserts.

Je donne dix-neuf sous à la caisse... mais voilà qu'on me réclame six francs cinquante.

Je crie... tempête... et finalement... refuse de payer. Sur un signe de la caissière... le jeune homme... blond... frisé... s'élance dans la rue... et revient aussitôt... avec un grand collégien... qui avait de la barbe... une épée... et au moins quarante ans.

Ce vieux gamin veut m'empoigner... je résiste... le menace de me plaindre à ses parents... rien n'y fait; alors je me résigne à payer.

Je vais visiter le dôme des Invalides qui est tout en
or et l'obélisque qui est tout en pierre.

Dans le premier établissement... repose Napoléon Ier,
personnage célèbre par... sa célébrité.

Le second établissement était fermé... pour cause de
réparations intérieures.

De là je vais sur les grands boulevards... vois rien
d'extraordinaire... des boutiques... toujours des boutiques... pas seulement un champ de luzerne...

. . . .

Tout à coup je m'arrête... ébahi... stupide... Sur une
grande charrette brune... traînée par trois chevaux...
avec du monde dessus et dessous... je vois écrit en
toutes lettres, devinez quoi ? — Madeleine ! Le nom de
ma bonne amie ; seulement pas le même nom de fa-
mille : ma bonne amie s'appelle Madeleine Rossin et sur
la voiture il y avait Madeleine Bastille. C'est égal, ça
m'a donné un coup.

La nuit vient, je vais dîner, et, en sortant de table, au
bal.. dans un bal appelé je crois... la Reine Blanche...
oui, c'est cela... la Reine Blanche ! J'entre, mais je ne
reste pas... parce que je vois là des choses... des choses ! Je m'étonne qu'une femme aussi pieuse que la
mère de saint Louis ait fondé un établissement pareil.

J'appelle un cocher et me fais conduire au concert des Ministres... non, des Ambassadeurs.

Oh ! là, par exemple, je n'ai pas regretté mon argent... C'était beau !... c'était beau .. Maginez-vous... au moins quinze demoiselles de la confrérie... et autant de chantres... qui sont venus chanter des cantiques... mais des beaux cantiques, des cantiques nouveaux... (*L'artiste fredonne deux ou trois refrains à la mode.*) C'était plus fort que moi.. j'en pleurais... au point qu'un monsieur qui était à côté de moi m'a prêté son mouchoir... seulement, en sortant... je n'ai plus retrouvé mon porte-monnaie, ni ma montre.

N'ayant plus d'argent, je me suis promené dans les Champs-Elysées jusqu'à trois heures du matin... J'allais mourir de froid .. et de frayeur... lorsqu'un collégien... pareil à celui du restaurant... ils étaient sans doute en vacances... est venu me demander ce que je faisais là.

Je lui ai tout raconté.

Alors il m'a conduit dans une maison .. je crois que c'était chez un marchand de tabac... il y avait une lanterne rouge à la porte... seulement la marchandise était serrée.

Là, j'ai de nouveau raconté mon affaire à un vieux

monsieur... qui m'a paru être le père du... collégien.
Ce brave homme m'a fait reconduire à la gare après
m'avoir avancé la somme nécessaire pour retourner
au pays.

Et me voilà.

Paris !... n'y allez pas.

FIN

Imprimerie générale de Châtillon-sur-Seine. — Jeanne Robert.

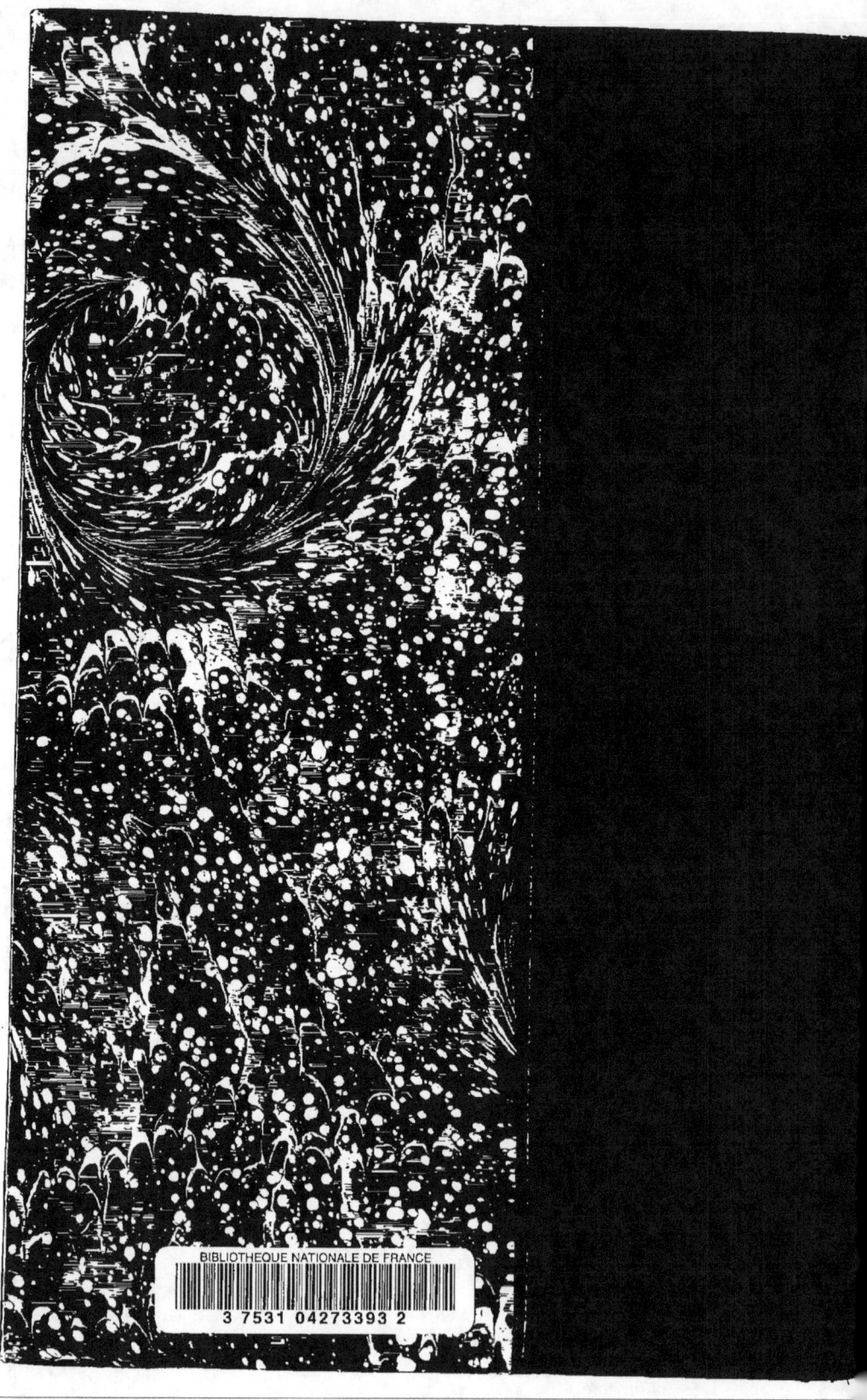